Die Geigerin

Ferdinand von Saar

Ich bin ein Freund der Vergangenheit. Nicht daß ich etwa romantische Neigungen hätte und für das Ritter- und Minnewesen schwärmte – oder für die sogenannte gute alte Zeit, die es niemals gegeben hat, nur jene Vergangenheit will ich gemeint wissen, die mit ihren Ausläufern in die Gegenwart hineinreicht und welcher ich, da der Mensch nun einmal seine Jugendeindrücke nicht loswerden kann, noch dem Herzen nach angehöre. So fühl' ich mich stets zu Leuten hingezogen, deren eigentliches Leben und Wirken in frühere Tage fällt und die sich nicht mehr in neue Verhältnisse zu schicken wissen. Ich rede gern mit Handwerkern und Kaufleuten, welche der Gewerbefreiheit und dem hastenden Wettkampfe der Industrie zum Opfer gefallen; mit Beamten und Militärs, die unter den Trümmern gestürzter Systeme begraben wurden; mit Aristokraten, welche, kümmerlich genug, von dem letzten Schimmer eines erlauchten Namens zehren: lauter typische Persönlichkeiten, denen ich eine gewisse Teilnahme nicht versagen kann. Denn alles das, was sie zurückwünschen oder mühsam aufrechterhalten wollen, hat doch einmal bestanden und war eine Macht des Lebens, wie so manches, das heutzutage besteht, wirkt und trägt. Daher habe ich auch eine Vorliebe für die alten Plätze, die alten Gassen und Häuser meiner Vaterstadt und bin noch zuweilen in jenen öffentlichen Gärten zu finden, die infolge neuerer Anlagen ihr Publikum verloren haben und verblühten Gouvernanten, brotlosen Schreibern oder ähnlichen Jammergestalten in lichtscheuer Kleidung tagsüber gewissermaßen als Versteck dienen. Selbst mein Mittagsmahl pflege ich zumeist in Speiselokalen einzunehmen, die sich einst eines besonderen Rufes erfreuten, jetzt aber durch moderne Restaurants in den Schatten gestellt und nur mehr von einer kleinen Schar treuer Anhänger besucht wurden. –

In einem solchen Speisehause der inneren Stadt pflegte ich mich vor mehreren Jahren regelmäßig, und zwar ziemlich spät einzufinden. Denn ich wollte es still um mich haben und über dem Essen meinen Gedanken nachhängen. Fast jedesmal aber traf ich mit einem Gaste zusammen, der ein gleiches Bedürfnis zu empfinden schien. Es war ein Mann in mittleren Jahren und von stattlichem Wuchse. Leicht zu körperlicher Überfülle neigend, das Haar über der hohen, schimmernden Stirn bereits gelichtet, saß er in einer Ecke des Zimmers am Tische, aß und blickte dann, nachdem er mechanisch ein Zeitungsblatt zur Hand genommen, sinnend dem Rauche seiner

Zigarre nach, wobei seine grauen Augen oft wundersam aufleuchteten, während um den fein geschnittenen Mund ein erhabenes und doch schmerzliches Lächeln spielte. Wochen um Wochen hatten wir uns so in einiger Entfernung schweigend gegenübergesessen und nur beim Kommen und Gehen den üblichen kurzen Gruß getauscht. Eines Tages jedoch waren wir plötzlich in ein Gespräch verwickelt, ohne daß einer von uns hätte bestimmen können, wer eigentlich den ersten Anstoß dazu gegeben. Nun wurden wir rasch miteinander bekannt, und es zeigte sich, daß er mir eigentlich nicht mehr ganz fremd gewesen. Es waren nämlich damals, unter offenbar fingiertem Namen, in einem der ersten Blätter mehrere Aufsätze erschienen, die mich durch die philosophische Tiefe ihres Inhaltes sehr überraschten. Ein reifer, außerordentlicher Geist hatte es hier unternommen, politische und soziale Verhältnisse in einer Weise zu beleuchten, welche mit den allgemeinen Anschauungen in direktem Widerspruche standen, und hatte Perspektiven in die Zukunft eröffnet, deren paradoxe Fassung das Befremden, ja den Unwillen der meisten Leser erregen mußte, so zwar, daß ich mich wunderte, wie ein den augenblicklichen Tagesinteressen dienendes Organ derlei in seine Spalten habe aufnehmen können. In der Tat brachen auch jene Artikel plötzlich ab, tauchten noch hin und wieder in anderen Journalen auf, bis sie endlich ganz verschwanden. Nun ging hervor, daß er der Verfasser sei, und ich fand durch ihn selbst meine Vermutung bestätigt, daß sich die Zeitungen nicht länger mit ihm hatten kompromittieren wollen. »Ich bin übrigens froh«, setzte er hinzu, »daß man mich der Mühe des Schreibens überhoben hat. Denn es bleibt doch immer eine Qual, seine Gedanken zu Papier zu bringen. Und wozu den Leuten Wahrheiten sagen, die sie doch nicht hören wollen und an welchen sich dereinst ihre Enkel die Stirne blutig stoßen werden.« Ich erfuhr auch, daß er seinerzeit eine nicht unbedeutende öffentliche Stellung innegehabt. Leitende Persönlichkeiten waren auf seine Kenntnisse und Fähigkeiten aufmerksam geworden und hatten dieselben in der redlichsten Absicht für ihre Zwecke ausnützen wollen. Aber es erwies sich gar bald, daß diese eigentümliche Natur nicht geschaffen war, sich fremden Absichten unterzuordnen, und man ließ es sich gerne fallen, daß er, nachgerade erst selbst zu dieser Erkenntnis gelangend, seine Entlassung nahm. In der großen Welt war er ebenfalls nicht fremd geblieben. Er hatte sich in den hervorragendsten Kreisen bewegt, wo er eine Zeitlang als liebenswürdiger Sonderling gesucht und wohl aufgenommen war; endlich aber, da sich weder innere noch äußere Anknüpfungspunkte ergeben wollten, übersah man, daß er wegblieb. Nun war er ganz in sich selbst zurückgesunken und hatte erreicht, was sein tiefinnerstes Wesen verlangte: Freiheit und Muße zu einsamen Studien und beschaulichem Denken, eine Bestimmung, welcher er sich um so getroster hingeben konnte, als ihm eine kleine Rente bescheidene Unabhängigkeit sicherte. Und wie so ganz, wie erhaben erfüllte er diese Bestimmung! Scheinbar untätig, war er vom Morgen bis tief in die Nacht hinein bemüht, alles Gewordene und Werdende in sich aufzunehmen. Kein Zweig der Wissenschaft, der Kunst und des öffentlichen Lebens lag ihm zu ferne; allüberall suchte und fand er Material zu einem großen Werke, dessen Vorarbeiten ihn, wie er mir gestand, schon seit Jahren in Anspruch nahmen und dessen Ausführung er den Rest seines Lebens zu widmen gedachte. Er hatte nämlich im Sinne, eine Geschichte der Menschheit vom Standpunkte der Ethik aus zu schreiben, welche gewissermaßen die Kehrseite oder eigentlich eine Berichtigung des berühmten Buches von Thomas Buckle werden sollte. Von einer glühenden Wahrheitsliebe beseelt, mit einem Blicke begabt, welcher bis zum geheimsten Inersten der Menschen und zum tiefsten Kernpunkte alles Bestehenden drang, haßte er nichts so sehr wie die Lüge, den Schein und die Halbheit, und er konnte sich in dieser Hinsicht über Personen und Dinge mit einer zerschmetternden Rückhaltslosigkeit äußern, welche selbst jene, die im allgemeinen seine Ansicht teilten, befremden mußte und mit der man sich nur versöhnen konnte, wenn man vernahm, mit welcher Begeisterung er von allem Echten, Guten und Schönen sprach und wie so ganz ohne Schonung er gegen seine eigenen Fehler und Schwächen zu Felde zog. Dabei war er harmlos wie ein Kind, nur fähig, in der Idee zu hassen und zu verfolgen; in Wirklichkeit jedoch konnte es jeder menschlichen Verirrung gegenüber keinen einsichtsvolleren Beurteiler, keinen milderen Richter geben als ihn. Am deutlichsten trat diese Eigentümlichkeit hervor, wenn er auf das andere Geschlecht zu sprechen kam, von dem er behauptete, daß ihm dereinst die Zukunft gehören würde, wenn er sich auch, wie er hinzusetzte, von dieser Zukunft keine rechte Vorstellung machen könne. Ich habe niemanden gekannt, der die weibliche Natur tief, gleich ihm, erfaßt hätte. Wie er ein Auge besaß, das für die feinsten Reize und Abstufungen der Schönheit empfänglich war, so entging ihm auch nicht der verborgenste Zug des Herzens und der Seele, und wenn er sich auch hin und wieder

über die Frauen im allgemeinen zu einem Worte hinreißen ließ, das
an die Aussprüche des Frankfurter Weltweisen erinnerte, so war er
hinterher doch gleich bemüht, alles, was er an ihnen zu tadeln fand,
auf die soziale Stellung zu schieben, welche sie infolge der
Verhältnisse seit jeher eingenommen. Wahrlich, wenn man ihn so von
ihren Vorzügen und Tugenden, von ihren Kräften und Fähigkeiten
reden hörte, man hätte glauben sollen, daß ihm die Herzen aller
zufliegen müßten. Aber seltsam: er war, wie er mit schmerzlichem
Humor gestand, niemals geliebt worden, obgleich er selbst oft und
tief geliebt und seinerzeit viel mit Frauen verkehrt hatte. »Um diese,
soweit dies überhaupt möglich ist, kennenzulernen«, pflegte er zu
sagen, »darf man von ihnen nicht geliebt werden, denn man ist dann
leicht geneigt, ihre Gunst als etwas Selbstverständliches
hinzunehmen und infolgedessen geringer anzuschlagen. Man muß
vielmehr durch sie schmerzlich gelitten und gesehen haben, welchen
Schatz von Treue, Hingebung und Opferwilligkeit sie anderen
Männern, ja sogar solchen, die wir tief unter uns erblicken,
entgegenbringen, um zu erkennen, welch ein Geschenk des Himmels
es sei, das Herz eines Weibes ganz und voll zu besitzen.« – Trotz diese
lebhaften und unumwundenen Austausches von Gedanken und
Empfindungen kam es zwischen mir und Walberg – wie ich den
eigentümlichen Mann, dessen Name in Wirklichkeit viel weniger
stolz und anspruchsvoll klang, hier nennen will – zu keiner
Freundschaft im eigentliche Sinne des Wortes. Wir hatten hierzu
beide bereits die Geschmeidigkeit und Spannkraft der Jugend
verloren, welche allein imstande ist, solche Bündnisse fürs Leben zu
schließen. Unser Verkehr beschränkte sich auf anregende
Tischgespräche und auf kürzere oder längere Besuche, die wir uns
hin und wieder abstatteten. Zuweilen machten wir auch einen
kleinen Ausflug ins Freie, wo ihm dann, von der Natur angeregt, das
Herz vollends aufging und sein Geist geradezu Offenbarungen
ausstrahlte. –

So hatten wir auch einmal nach Tisch einen Gang in den Prater
unternommen. Es war ein milder, sonniger Oktobertag, und in der
endlosen Hauptallee mit ihren alten, sich eben leise entblätternden
Kastanienbäumen wogte ein mächtiger Menschenstrom. Eine
Zeitlang schlenderten wir so im Gewühle hin und ließen die schönen,
stolzen Frauen zu Roß und Wagen an uns vorüberfliegen. Nach und
nach aber fühlten wir uns beengt und gedrückt und schlugen, quer

über die Wiesen schreitend, den Weg nach den einsameren Partien der stimmungsvollen Aulandschaft ein. Man hatte damals bereits begonnen, hier und dort einige jener herrlichen Baumgruppen zu fällen, welche in der nächsten Nähe einer Residenz ihresgleichen suchen durften, und hatte so den Anfang zu den Verwüstungen gemacht, die später zur Zeit der Weltausstellung so große Ausdehnung gewannen. Vor zwei riesigen Buchen, welche mit ihren herbstlich gefärbten Wipfeln auf dem Boden lagen, blieben wir stehen. »Wie schade um die prachtvollen Bäume!« sagte ich.

»Eine wahre Sünde«, erwiderte er, »das frische, blühende Leben zu verwüsten, um irgendeine geschmacklose Anlage an die Stelle zu setzen. Ich sehe schon im Geiste die ganze liebliche Wildnis vernichtet, das letzte Stückchen Grün vertilgt und auf der trostlosen Ebene eine Masse nüchterner Häuser stehen, zwischen welchen ein qualmender Eisenbahnzug dahinbraust. – Aber«, fuhr er nach einer Weile fort, »das ist im Grunde doch nur Sentimentalität. Alles vollzieht sich nach dem eisernen Gesetze der Notwendigkeit. Der Prater wird so lange erhalten bleiben, als er ein Bedürfnis ist. Eine Reit- und Fahrbahn wird sich überall finden lassen, und das Volk kann sich auch anderswo beim Biere vergnügen!«

Wir waren wieder schweigend weitergeschritten. Ringsum herrschte tiefe Stille; nur ein kühler Windhauch schauerte leise durch die Zeitlosen, mit welchen der Grund wie übersät war. Endlich standen wir vor einem weitläufigen Sumpfe, aus dessen Schilf, von unseren Schritten aufgeschreckt, ein später Reiher in die Dämmerung emporrauschte. Wir machten uns auf den Heimweg. Als wir die Brücke über den Donaukanal betraten, gewahrte ich, wie unter den Jochen hervor ein dunkler Gegenstand auf den Fluten trieb, in welchem ich die Umrisse einer weiblichen Gestalt zu erkennen glaubte. Gleichzeitig mit mir mußten ihn andere bemerkt haben; es entstand ein Zusammenlauf am Geländer; Rufe nach Rettung wurden laut, und wirklich stieß in einiger Entfernung ein Kahn ab, dessen Bemannung die Verunglückte mittels langer Enterhaken ans Ufer zog und am Fuße eines Gaskandelabers niederlegte. Dorthin strömte jetzt eine zahlreiche Menschenmenge und mein Begleiter wurden unwillkürlich mit fortgerissen. Kaum aber hatte Walberg einen Blick in das bleiche Antlitz des Weibes getan, als er mich mit einem unterdrückten Aufschrei beim Arm ergriff und fortziehen wollte. Er faßte sich aber gleich wieder, trat auf die Sicherheitswache, die sich eingefunden hatte, und wechselte mit dem Manne einige Worte. Mittlerweile hatte man Vorkehrungen getroffen, die, wie es schien, bereits Entseelte in die nächste Rettungsanstalt zu bringen. Wir schlossen uns dem traurigen Zuge an und traten, indes die Menge draußen zurückgehalten wurde, bei dem Wundarzte ein. Während dieser mit seinem Gehilfen im Nebenzimmer Belebungsversuche anstellte, sank Walberg erschöpft in einen Stuhl und schrieb einige Worte auf ein Blatt Papier, welches er aus seinem Notizbuche losgetrennt hatte. Der Arzt erschien bald erklärte achselzuckend, daß alles vergebens und das Frauenzimmer tot sei. Walberg erhob sich und trat, während ich folgte, noch einmal an die Leiche, welche im grellen Lichte einer von der Decke niederhängenden Lampe auf dem Sofa des Zimmers lag. Es war eine schlanke Gestalt; bereits über die eigentliche Jugend hinaus, aber selbst noch im Tode von jener Anmut umflossen, welche nie altert. Die nassen, an den Formen klebenden Gewänder erschienen ziemlich abgetragen, und auch die Handschuhe sowie die knappen Stiefelchen wiesen leicht erkennbare Schäden auf. Der Arzt hatte das Hütchen, welches noch unter dem Kinn der Toten festgeknüpft war, entfernt und so hing ihr lichtbraunes Haar, in feuchten Locken und Strähnen gelöst, über die Schultern hinab. Die bläulichen Lippen waren weit geöffnet, und große, dunkle Augen starrten gebrochen unter den Wimpern hervor. Der Anblick war zu ergreifend, als daß wir ihn hätten ertragen können. »Die Unselige!« murmelte Walberg, indem er sich, gleich mir, schaudernd abwandte; »so weit ist es mit ihr gekommen.« Dann übergab er dem Wachmanne das beschriebene Blatt, und wir traten auf die Gasse hinaus, wo wir stumm nebeneinanderher gingen. Walberg schien ein Vorhaben zu überlegen; endlich winkte er einen Mietwagen heran und ersuchte mich, ihn zu begleiten. Wir fuhren in eine der nächsten und belebtesten Vorstädte. Bei einem stattlichen, hell erleuchteten Kaufmannsladen ließ er halten und trat hinein. Geraume Zeit verstrich, bis er zurückkam. »Es ist alles so, wie ich es mir gedacht habe«, sagte er beim Einsteigen mehr zu sich selbst, nachdem er dem Kutscher seine Wohnung bezeichnet hatte. Wir legten eine schweigsame Fahrt zurück, und als der Wagen hielt, schrak Walberg aus trüben Sinnen empor. – »Kommen Sie mit mir hinauf«, bat er; »ich will jetzt nicht allein sein.« In seinem einfachen Zimmer machte er Licht, zündete die Spirituslampe unter dem Teekessel an und reichte mir schweigend ein Kistchen mit Zigarren. Dann setzte er sich in einen Lehnstuhl und blickte nachdenklich vor sich hin. Es war mir, als hätte ich eine Mitteilung zu erwarten; aber ich wollte nicht drängen und nahm eines der vielen Bücher zur Hand, die überall umherlagen. Es wurde ganz still im Gemache; nur das Wasser im Kessel begann leise zu summen. Endlich wandte sich Walberg zu mir: »Soll ich Ihnen die Geschichte des armen Weibes erzählen, das sich heute in den Wellen der Donau den Tod gegeben?« Und meine Zustimmung vorwegnehmend, fuhr er fort: »Es ist eine traurige, ja vielleicht eine häßliche Geschichte. Es kommt auf den Gesichtspunkt an, von welchem aus man sie betrachtet. Sie kennen meine Art und Weise, die Dinge aufzufassen; sie stimmt mit der Ihrigen überein, und so bin ich überzeugt, daß Sie dem unglücklichen Geschöpfe, trotz allem, was Ihnen jetzt zu hören bevorsteht, eine stille Träne in Ihrem Herzen nicht werden versagen können.« Er war aufgestanden, hatte mir eine Tasse gefüllt und sich dann wieder gesetzt.

»Sie wissen«, begann er, »wie zurückgezogen, wie einförmig ich lebe. Seit einer Reihe von Jahren verzichte ich auf Freuden und Vergnügungen, welche Männern in unserem Alter, in unseren Verhältnissen natürlich und angemessen sind. Ich sage absichtlich, daß ich verzichte; denn von Natur bin ich eigentlich vollebig und eher zur Ausschreitung als zur Beschränkung geneigt. Aber das geistige Bewußtsein ist in mir doch zu vorherrschend, als daß ich diesen Hang nicht als etwas Störendes, ja geradezu Feindseliges empfinden und nicht in jeder Weise bemüht sein sollte, ihn abzulenken und zu ersticken. Und so kann ich mich mit weit mehr Recht einen Asketen nennen als die meisten, welche vor der Welt die Abzeichen der Entsagung zur Schau tragen. Von Zeit zu Zeit jedoch bricht dieses niedergehaltene Element plötzlich mit aller Macht hervor, und ich werde dann, wie ich überhaupt zu Extremen neige, unaufhaltsam getrieben, mich aus meiner stillen Einsamkeit heraus in den vollsten Strom, ja vielleicht auch ein wenig in den Pfuhl des Lebens zu stürzen, freilich nur, um alsogleich wieder ernüchtert und vor mir selbst beschämt, in den reinen Äther meiner Arbeiten zurückzukehren. So geschah es auch einmal im Karneval. Ich hatte mich an einigen halbwahren Büchern, die eben großes Aufsehen erregten, müd und ärgerlich gelesen. Ich war geistig verstimmt und sehnte mich ordentlich nach Menschen, die nichts Höheres ins Auge fassen und, nur auf das nächste beschränkt, gedankenlos in den Tag hineinleben. Es waren damals gerade die Maskenbälle bei uns in

Schwung gekommen, und ich hatte manches von dem tollen Treiben gehört, das dabei herrsche. Namentlich sollten jene, die in einem großen, außerhalb der Linie gelegenen Vergnügungslokale stattfanden, in dieser Hinsicht alles Dagewesene überbieten. Dorthin wollte ich nun, wollte mich unter die ausgelassene Menge mischen und, wenn es sich fügte, auch ein bißchen ausgelassen sein. In einer sternhellen Februarnacht machte ich mich auf den Weg. Kaum aber hatte ich die erleuchteten Säle einige Male durchschnitten, als ich mich vollständig enttäuscht fühlte. Sprudelnde, entfesselte Lebensfreudigkeit hatte ich erwartet und fand nichts als öde Stumpfheit, die sich zur Aufmunterung bisweilen selbst mit den Fäusten der Gemeinheit in die Rippen stieß. Nicht einmal die Straußschen Walzer waren imstande, die Tanzenden zu befeuern, deren größtenteils plumpe und ungelenke Bewegungen Lächeln und Mitleid erregten. Reizlose Weiber in verschossenen Maskenanzügen zwangen sich zu lahmen Späßen, und wenn hier und dort ein feinerer Wuchs, ein geschmackvolleres Kostüm im Gewühl auftauchte, so gehörten sie Frauen an, die sich, in männlicher Begleitung, mehr zusehend als teilnehmen verhielten. Zudem war es unerträglich heiß, und so suchte ich bald jene Nebenräume auf, welche teils als Speisezimmer, teils als Schauplätze für kleine dramatische Vorstellungen und sonstige Erlustigungen benützt wurden. In einem derselben ließ sich vor nicht sehr zahlreichem, abe gewählterem Publikum ohne Maske ein sogenanntes Damentrio hören. Ich setzte mich an einen der Tische, die vor der niederen Bühne angebracht waren, bestellte eine Erfrischung und ließ mich, mißmutig, wie ich war, von den Klängen umrauschen, ohne ihnen Aufmerksamkeit zu schenken. Nach und nach aber wurde ich unwillkürlich gefesselt. Es waren Musikstücke edlerer Art, die hier mit so viel Ausdruck und Präzision vorgetragen wurden, daß sich der allgemeine Beifall oft und laut kundgab. Auch die Spielenden waren ganz geeignet, die Blicke auf sich zu ziehen. Sie trugen alle drei weiße Kleider mit Gürteln und Achselbändern von schwarzem Taft, welche einfache Tracht ihre jugendlichen Erscheinungen anmutig hervorhob. Obgleich sie einander gar nicht ähnlich sahen, so konnte man sich doch des Eindruckes nicht erwehren, man habe drei Schwestern vor sich. Die jüngste, welche am Klavier saß, war fast noch ein Kind. Aber die Kraft und Sicherheit, mit welcher sie trotz der zuckenden Unruhe ihres schmächtigen, halbwüchsigen Körpers spielte, die herausfordernde Art und Weise, wie sie, die krausen blonden Locken schüttelnd, ihr mehr reizendes als schönes Gesicht dem Publikum zukehrte, gab ihr etwas Frühreifes und Bewußtes, was gleichzeitig anzog und abstieß. Die mittlere mit dem Cello war ihr gerader Gegensatz. In voll entwickelter Jugendblüte, die Wangen rosig, das glänzende schwarze Haar schlicht aus der Stirn gestrichen, saß sie gelassen da und wandte ihre ganze Aufmerksamkeit dem ungelenken Instrumente zu, das sie handhabte. Einen wunderbaren Anblick aber bot die Älteste dar, welche mit der Geige im Vordergrund der Bühne stand. Sie mochte ungefähr fünfundzwanzig Jahre zählen und war bereits von jenem schwermütigen Reiz des Verblühens umhaucht, welcher manche Frauen so anziehend macht. Die zarte Wange leicht an das bräunliche Holz geschmiegt, das matt schimmernde Haar nachlässig gelockt und mit dem schlanken, biegsamen Leibe den Bogenstrichen folgend, glich sie einer Kamöne. Es entging mir nicht, daß sie bei ausdrucksvollen Stellen, zarten sowohl als leidenschaftlichen, ihre großen, etwas umschatteten Augen auf einen jungen Mann heftete, der in einiger Entfernung von mir saß und den ich nicht beachtet hatte. Von hohem und schlankem Wuchse, sorgfältig, aber ohne Ziererei gekleidet, war er in seinen Stuhl zurückgesunken und schien die Aufmerksamkeit, welche ihm die Geigerin schenkte, gänzlich zu übersehen. Seine Blicke schweiften vielmehr, während er langsam ein Glas Punsch trank, nach dem Kinde am Klavier hin, welches ihm auch von Zeit zu Zeit wie verstohlen zulächelte. Sein Antlitz wies ein kühn geschnittenes fremdländisches Profil, und die hohe, gerade Stirn leuchtete aus dunklen Haaren hervor; eine längliche Narbe auf der rechten Wange zierte ihn mehr, als sie ihn entstellte. Er war im eigentlichen Sinne des Wortes schön zu nennen. Das Geistige herrschte in seinen Zügen nicht vor; aber alles war voll Leben und Ausdruck, und die hellen braunen Augen blickten stolz und einnehmend zugleich, wie die des Hirsches. Die Geigerin hatte inzwischen begonnen, ein Solo vorzutragen, das nur hin und wieder von dem Klavier begleitet wurde. Sie spielte mit so zartem Schmelze, mit so hinreißendem Feuer, daß, als sie geendet hatte, stürmischer Beifall losbrach. Sie verneigte sich leicht, aber ihr Blick ruhte, während die Töne noch immer in ihr nachzuzittern schienen, auf dem jungen Manne, der nun auch, wie aus einem Traume aufgeschreckt, durch leichtes Kopfnicken seine Anerkennung kundgab. Es schien jetzt ein längere Pause eintreten zu wollen; denn die Spielenden verließen ihre Plätze und zogen sich in den Hintergrund der Bühne zurück. Mein Nachbar war gleichfalls aufgestanden und begab sich mit vertraulichen Gebärden zu den Frauen. Die Geigerin ging ihm mit erwartungsvollem Lächeln entgegen; er aber sah zerstreut über sie hinweg und reichte dem Kinde die Hand, welches, wiederum das Haar schüttelnd, auf ihn zusprang. Ich sah das alles und fühlte mein Herz von einem seltsamen Schmerze zusammengepreßt. Ich besitze die unglückselige Gabe, ohne es eigentlich zu wollen, aus geringfügigen Anzeichen, aus einem Blicke, einem Worte ganze Verhältnisse zu erraten und sie mir näher zurechtzulegen. So brachte ich denn gleich auch diese vier Personen in eine eigentümliche Stellung zueinander, die mich bedrückte. Ich verlor alle Lust, länger zu verweilen, und entfernte mich, während die Cellistin langsam die Noten zu einem neuen Stücke auflegte. Zu Hause angekommen, lag ich noch eine Zeitlang wach im Bette; endlich schlief ich ein, und die drei Gestalten in weißen Kleidern und der junge Mann mit der Narbe auf der Wange zogen, wirr und phantastisch verschlungen, durch meine Träume. Auch in den folgenden Tagen wirkten diese Eindrücke nach, dann aber war alles vergessen. –

So kam der Frühling heran. An einem herrlichen Aprilmorgen hatte ich ein entlegenes Maleratelier besucht und mich dort mehrere Stunden verweilt. Da ich den weiten Weg nach der Stadt zurück nicht zu Fuße machen wollte, stieg ich in einen Stellwagen und – befand mich der Geigerin gegenüber. Ich hatte sie auf den ersten Blick wiedererkannt, obgleich ihr das Licht des Tages und die veränderte Kleidung viel von dem idealen Schimmer jener Nacht nahm. Eine etwas fahle Gesichtsfarbe und leichte Fältchen um den blassen Mund traten deutlich hervor, aber sie sah noch immer schön und einnehmend genug aus, und ein Frühlingshütchen von weißem Mull, das frisch wie der gefallene Schnee von der übrigen, noch etwas winterlichen Tracht abstach, stand ihr reizend zu Gesicht. Mit aufrechtem Oberkörper saß sie da und hatte die schmalen Hände über einem Päckchen gekreuzt, das in ihrem Schoße lag. Zuweilen rückte sie unruhig auf ihrem Sitze hin und her und blickte durch die Scheiben, als dauerte ihr Fahrt zu lange. Als wir endlich bei der Stadt angelangt waren, ließ sie halten und sprang aus dem Wagen. Ich tat unwillkürlich dasselbe, aber ich konnte ihr nicht folgen; denn sie ging so rasch, daß ich, um nicht aufzufallen, nur mit den Blicken hinter ihr her bleiben konnte. Jetzt bog sie in die Gasse ein, in welcher sich die öffentliche Pfandleihanstalt befindet, und als ich meinen Schritt beschleunigte, konnte ich noch gewahren, wie sie in dem Tore dieses Gebäudes verschwand. Ein tiefes Weh fiel mir aufs Herz. Sollte auch sie mit der Not des Lebens, die mir hier wieder einmal als unzertrennliche Begleiterin der Kunst erschien, zu kämpfen haben? Ja, die Ärmste mußte vielleicht irgendein teures Andenken, einen liebgewordenen Schmuck pfänden, um nicht unterzugehen! In solch trübe Gedanken versunken, war ich halb unbewußt vor der Anstalt eingetroffen, als sie plötzlich, das Päckchen krampfhaft umklammernd, mit dem Ausdrucke tiefster Verzweiflung im Antlitz, wieder unter dem Tore erschien. Sie war offenbar zu spät gekommen, oder man hatte sie auf morgen vertröstet; und nun stand sie da und blickte stumpfsinnig in das goldene Sonnenlicht hinein, das die gegenüberliegenden Häuser umfunkelte. Fröhliche Menschen schritten an ihr vorüber; ein kleines Mädchen bot ihr Veilchen zum Kaufe, aber sie bemerkte es nicht. Endlich ging sie und irrte, wie ohne Wahl und Ziel, in den nächsten Gassen umher. Ich konnte es nicht länger mit ansehen und trat an ihre Seite. »Erlauben Sie, mein Fräulein«, sagte ich, indem ich höflich den Hut abzog.

Sie sah mich ausdruckslos an und eilte weiter.

Ich hielt mich neben ihr. »Bemühen Sie sich nicht, mein Herr«, sagte sie endlich. »Ich wünsche keine Begleitung – ich muß Sie bitten – «

»Halten Sie mich für keinen Unverschämten, keinen Zudringlichen«, erwiderte ich fest. »Ich habe Ihnen eine wichtige Mitteilung zu machen.«

Sie zuckte zusammen. »Eine wichtige Mitteilung«, wiederholte sie tonlos und mußte sich, um nicht zu sinken, an die nächste Mauer lehnen.

Ich war aufs äußerste bestürzt. »Erschrecken Sie nicht«, fuhr ich fort, »es handelt sich um etwas sehr Angenehmes – sehr Erfreuliches.«

Sie atmete auf. »Und was könnte das sein?« fragte sie ungläubig.

»Folgen Sie mir in jenes Durchhaus, wir können dort ungestörter sprechen.«

Sie betrachtete mich zögernd und mißtrauisch; aber sie folgte mir.

»Mein Fräulein«, begann ich, »Sie befinden sich in diesem Augenblicke in einer höchst peinlichen Verlegenheit.«

»Woher wissen Sie – ?« stammelte sie überrascht.

»Ich sah Sie vorhin – doch das tut jetzt nichts zur Sache; genug, daß ich es weiß.«

Sie blickte zu Boden und kämpfte sichtlich einen harten Kampf, in welchem zuletzt das Vertrauen siegte. »Es ist wahr«, sagte sie und fuhr mit zitternder Hand über die Stirn, »ich bin in der größten Verzweiflung. Es gilt, eine mir sehr werte und nahestehende Persönlichkeit aus einer drohenden Gefahr zu retten. Seit gestern müh' ich mich in jeder Weise, zu diesem Zwecke ein Darlehn aufzutreiben. Endlich habe ich von einer ehemaligen Freundin nach vielem Bitten und Flehen – nach vielfachen Erniedrigungen diese Diamanten erhalten, aber nur gegen das heilige Versprechen, dieselben bloß in der öffentlichen Anstalt, um keinen Preis jedoch in einem jener Winkelämter zu verpfänden, die nicht genug Sicherheit bieten. Und nun – «

»Kamen Sie nicht mehr zur rechten Zeit – «

»Kam um fünf Minuten zu spät! Das Bureau wird erst morgen wieder geöffnet – und wenn bis drei Uhr das Geld nicht beschafft wird, so ist alles verloren!«

»Beruhigen Sie sich. Es soll alles gut werden. Ich bin bereit, Ihnen das Nötige vorzustrecken.«

»Oh, mein Herr«, sagte sie, schwankend zwischen Freude und Scham, »wie kann ich – wie darf ich – von einem ganz Unbekannten – «

»Hier ist meine Karte. Und wenn auch *ich* Ihnen unbekannt bin – Sie sind es mir nicht. Ich habe Sie spielen hören.« Und während sie errötend auf die Karte niedersah, fuhr ich dringend fort: »Besinnen Sie sich nicht länger! Weisen Sie die Hilfe nicht zurück, die ich Ihnen aus vollem Herzen anbiete. Nennen Sie mir den Betrag – «

»Oh«, sagte sie wieder hoffnungslos, »es ist viel Geld.«

Und sie nannte eine Summe, über deren Höhe ich allerdings erschrak. Aber ich besaß diese Summe und konnte nicht zurück. »Sie begreifen«, sagte ich, »daß ich sie nicht bei mir trage. Erwarten Sie mich in zehn Minuten vor dem Stephansdome; ich werde Ihnen das

Gewünschte einhändigen.« Und nach einem raschen Gruße eilte ich in meine Wohnung, das Geld zu holen.

Als ich mich später am bezeichneten Orte einfand, ging sie unruhig auf und nieder. Sie mußte schwere Zweifel in die Wahrheit meiner Versprechung gesetzt haben; denn bei meinem Anblick schien es ihr wie eine Last von der Seele zu fallen. Ich lenkte sie in die dunkle, menschenleere Kirche hinein und überreichte ihr die erforderliche Summe. Sie zögerte noch einen Augenblick, sie entgegenzunehmen. Dann aber drückte sie mit ihren beiden Händen warm die meine. »Oh, mein Herr«, sagte sie, »wie soll ich Ihnen danken! Sie wissen nicht, welchen Dienst Sie mir erweisen. Sie sollen alsbald wieder im Besitze des Ihrigen sein – gleich morgen will ich den Schmuck verpfänden.«

»Tun Sie das nicht«, sagte ich. »Sie haben mir ja gestanden, daß Sie ihn nur gegen schwere Demütigungen erhalten. Sie kämen vielleicht in eine unwürdige, abhängige Stellung zu der Person, die Ihnen den Schmuck anvertraut. Geben Sie die Juwelen gleich wieder zurück. Mit meinem Gelde hat es keine Eile. Ich will zufrieden sein, wenn ich infolge dieses Darlehens das Glück habe, Sie einmal wiederzusehen.«

Sie war durch diese letzten Worte offenbar peinlich berührt worden und hatte Mühe, eine ablehnende Gebärde zu unterdrücken. Aber wie von einem plötzlichen Gedanken durchzuckt, sagte sie rasch: »Allerdings, es wird mich unendlich freuen, meinen Retter näher kennenzulernen. Hier ist meine Adresse, damit Sie mich zu finden wissen. Sie sollen übrigens schon in den nächsten Tagen von mir hören.« Und da ich sie nun selbst aufforderte, sich auf den Weg zu machen, so eilte sie, flüchtig wie ein Vogel, von dannen und verschwand im Menschengewühle.

Ich hatte ihr eine Weile nachgesehen; dann senkte ich den Blick auf die Adresse und las: Ludovica Mensfeld. Und wie ich jetzt so dastand, das kleine Kärtchen in der Hand, fühlte ich mich fremd und kühl berührt. Es war mir, als hätt' ich eine Torheit begangen. Ich hatte mich nahezu von allem entblößt, was ich augenblicklich besaß, und war nun selbst für die nächste Zukunft der Sorge preisgegeben. Und für wen hatte ich das Opfer gebracht? Für ein Weib, das mir fernestand. Und nicht einmal für sie selbst; sie wollte ja mit dem Gelde einen anderen retten, und dieser andere, darüber konnte kein Zweifel sein, war der junge Mann, den ich damals in ihrer Nähe gesehen – und den sie liebte! Aber kümmerte mich das? War es nicht ein beglückendes, erhebendes Gefühl, eine arme, zitternde Menschenseele aus der Nacht der Verzweiflung zu befreien? Hatte ich nicht Hilfsquellen genug? Konnte ich nicht arbeiten? – So trat ich meinen Egoismus siegreich mit Füßen, und bald stand es bei mir fest, daß ich recht getan und keine weiteren Ansprüche mehr erheben würde; selbst der Wunsch, die Geigerin wiederzusehen, war erloschen. So ging ich, mit mir selbst im reinen, freien und fröhlichen Herzens zu Tische.

Nach kurzer Zeit erhielt ich durch die Post einen Brief mit gefälligen, etwas flüchtigen Schriftzügen. Er lautete:

»Verehrter Herr! Wenn Sie morgen abend nichts Besseres vorhaben, so schenken Sie uns das Vergnügen Ihres Besuches. Sie werden bloß in einem Familienkreise sein.

Ihre dankschuldigste Ludovica.«

Ich legte das Schreiben ruhig beiseite, denn ich dachte gar nicht daran, der Einladung nachzukommen. Am andern Morgen jedoch fiel mir ein, daß es doch geradezu unartig wäre, sie ganz und gar zu ignorieren. Ich mußte mich mit einigen Zeilen entschuldigen und setzte mich an den Schreibtisch. Wie ich nun so nach einer landläufigen Ausflucht suchte, kam mir meine Wahrheitsliebe in die Quere, die es mir selbst in unbedeutenden Dingen schwermacht, eine Lüge zu ersinnen, und ich entschloß mich kurz und gut, hinzugehen. So suchte ich denn gegen Abend den Stadtteil auf, in dem die Geigerin wohnte. Im dritten Stockwerk eines dichtbevölkerten Hauses schellte ich an der bezeichneten Türe. Eine Magd öffnete und wies mich nach dem Empfangszimmer, wo mir Ludovica in schwarzem Seidenkleide, eine dunkelrote Blume ins Haar steckt, mit graziösem Anstand entgegenkam und mich der versammelten Gesellschaft bekannt machte. Ich sah die zwei anderen Spielerinnen und fand meine Vermutung von damals bestätigt; denn Ludovica sagte: »Meine Schwestern Anna und Mimi.« Dann vor einem jungen Manne mit klugen, offenen Gesichtszügen: »Herr Berger, Kaufmann.« Zuletzt warf sie einen Blick auf *den*, den ich hier zu finden gewiß war, und fügte etwas undeutlich hinzu: »Herr Alexis.« Dieser hatte sich bei meinem Eintritt vom Sitze erhoben und kam jetzt, während er mir die Hand entgegenstreckte, mit großer Freundlichkeit auf mich zu, wobei er jedoch eine gewisse

Befangenheit nicht verbergen konnte. Man wies mir neben ihm einen Platz auf dem Sofa an, und ich blickte nun, wie man dies an fremden Orten unwillkürlich zu tun pflegt, im Gemache umher. Es sah ziemlich kahl aus, und in der Einrichtung gab sich eine gewisse Sorglosigkeit kund. Ein älteres, aber wohlgebautes Klavier, auf welchem die Geigen Ludovicas ruhten, fiel zuerst in die Augen, und an den Wänden hingen die Bildnisse Mozarts und Beethovens sowie verschiedener anderer Tonkünstler und Virtuosen. In einem kleinen Nebenzimmer jedoch, dessen Tür offenstand, schien eine bürgerliche, arbeitsame Hand zu walten, und den größten Raum nahm ein ausgedehnter Tisch ein, der mit angefangenen weiblichen Kleidungsstücken bedeckt war. Mimi, die, wie ich bemerkte, meinen Blicken folgte, rief lachend: »Der Herr verwundert sich über Annas Zimmer. Es sieht auch darin aus wie in einer Schneiderwerkstätte.«

Anna errötete.

»Nicht doch«, sagte ich, »es ist ein ansprechendes Bild häuslichen Fleißes.«

»Ja, fleißig ist sie, das muß man ihr lassen«, fuhr Mimi fort. »Sie ist unsere Mama, besorgt den Haushalt, fertigt uns Kleider und Hüte an – «

»Und ihr dankt es mir nicht«, sagte Anna ernst.

»Nicht böse werden!« lachte die Kleine, indem sie aufsprang und die Schwester mehr mutwillig als herzlich umfing. »Du Grausame verlässest uns ohnehin bald – um Herrn Berger zu heiraten.«

Anna und der junge Kaufmann erröteten jetzt gemeinsam.

»Nun, schämt euch nicht! Ich gebe euch meinen Segen!« rief Mimi mit komischem Pathos und ausgebreiteten Armen. »Aber bedenkt, was wir und das Damentrio verlieren.«

»Ich bedenke nur, was ich gewinne«, sagte Berger, indem er die etwas große Hand seiner Verlobten zart an die Lippen führte.

Das Gespräch nahm nun eine allgemeinere Wendung und gab Alexis Gelegenheit, sich als gebildeten und geistvollen Mann darzustellen. Obgleich er kaum über dreißig Jahre zählen konnte, schien er bereits doch so manche Lebenserfahrung hinter sich zu haben und viel in der Welt herumgekommen zu sein. Wie aus seinen Reden hervorging, hatte er sich in den verschiedenartigsten Berufszweigen, zuletzt auch in der Kunst, versucht, und somit würde man ganz angenehm mit ihm haben verkehren können, wenn nicht einige zynische Bemerkungen, die er hin und wieder tat, auf eine gewisse sittliche Verwilderung seines Charakters gedeutet hätten, die neben den übrigen glänzenden Eigenschaften doppelt bedauerlich erschien. Man zog natürlich auch die Tonkunst ins Gespräch, und ich ließ die Hoffnung auf einen musikalischen Genuß durchblicken. »Ich bin mit Vergnügen bereit, zu spielen«, sagte Ludovica zuvorkommend, indem sie aufstand und sich ihren Geigen näherte. »Mimi wird mich begleiten.«

»Ludovica kann sich später hören lassen«, sagte Alexis abwehrend. »Jetzt soll uns Mimi ein paar ihrer reizenden Lieder zum besten geben. – Sie glauben gar nicht, mein Herr«, wandte er sich an mich, »welch ein Genie in der kleinen Person steckt! Sie dichtet und komponiert allerliebste Strophen, wie man sie sonst nur in Paris zu hören bekommt. Laß dich nicht bitten, Mimchen, und singe«, fuhr er fort, indem er ihre beiden Hände ergriff.

Die Kleine warf einen lauernden Blick auf Ludovica. Diese war etwas bleich geworden, aber sie streichelte die Wange der Schwester und sagte: »Singe nur, mein Engel; du machst Alexis eine Freude – und gewiß auch Herrn Walberg.«

Mimi hatte sich, wie gewöhnlich die Locken schüttelnd, an das Klavier gesetzt und begann, indem sie dazu leicht die Tasten berührte, mit biegsamer Stimme eine Reihe kleiner Couplets zu singen, die zwar nichts Anstößiges enthielten, aber doch mit ihrem parodierenden Inhalt und sarkastischen Witz in dem Munde eines so jungen Geschöpfes um so befremdender klangen, als sie nebenher von allerlei vielsagenden Kopf- und Körperbewegungen begleitet waren. Alexis schwamm in Entzücken. »Herrlich! Göttlich!« rief er ein über das andere Mal. »Nun, was sagen Sie, mein Herr? Hatt' ich nicht recht?« Durch diesen Beifall angefeuert, gebärdete sich die Kleine immer toller und begann endlich, ihren Gesang abbrechend, einen Walzer zu spielen, so rauschend, so mächtig, mit einer solchen Fülle von Tönen, daß man ein ganzes Orchester zu hören glaubte und selbst mir Tanzlust in die Glieder schoß. Der junge Kaufmann aber konnte sich nicht halten. Er umfaßte seine Braut und walzte mit ihr durch das Zimmer.

»Wie schade, daß man nicht zugleich spielen und tanzen kann!« rief Mimi aus dem Gewoge heraus.

»Das geht allerdings nicht«, sagte Alexis, indem er aufsprang. »Aber nicht wahr« - und er legte dabei seine Hand schmeichelnd auf die Schulter Ludovicas -, »deine Schwester wird für dich spielen? Und ich will mit dir tanzen.«

Ludovica zuckte zusammen; aber sie setzte sich an den Platz Mimis. Ihr Spiel klang nach dem früheren lahm und farblos. »Schneller! Stärker!« schrie Alexis, der mit der Kleinen wie rasend im Zimmer umherflog. Ludovica preßte die Lippen zusammen und schlug mit aller Macht in die Tasten. Plötzlich jedoch hielt sie inne und drückte, in ein lautes Schluchzen ausbrechend, die Hände vor das Antlitz. Alexis stampfte den Boden und blickte mit schlecht verhehltem Ärger nach ihr hin. Die Kleine zog die Brauen empor; Anna ging hinaus. Es war ein peinlicher, häßlicher Moment, und ich hätte am liebsten nach meinem Hute gegriffen und mich still entfernt. Ludovica schien es zu bemerken. Sie stand auf und trat mir entgegen. »Stoßen Sie sich nicht daran, ich bitte«, sagte sie. »Es ist nichts; ein plötzlicher Weinkrampf. Das Geigenspielen greift die Nerven fürchterlich an. Ich habe oft solche Zufälle.«

Inzwischen war unter der Obsorge Annas ein einfaches Mahl aufgetragen worden, an das wir verstimmt und einsilbig gingen. Berger und Alexis versuchten hin und wieder ein scherzhaftes Wort, aber es schlug nicht durch. Endlich war es Zeit, mich zu empfehlen. Ludovica zeigte sich beim Abschied zurückhaltend und zerstreut; Alexis jedoch überbot sich an Höflichkeit. »Es freut mich außerordentlich, Sie kennengelernt zu haben«, sagte er. »Ich hoffe«, fuhr er mit einem raschen Blick auf Ludovica fort, »Sie recht oft hier zu treffen.« Unten am Tore atmete ich auf und trank in langen Zügen die klare Frühlingsnachtluft. Es stand bei mir fest, diese Schwelle nie mehr zu betreten.

Aber der Mensch ist ein seltsames Geschöpf. Nachdem eine gewisse Zeit verflossen war, erschien es mir unwürdig, so geradezu wegzubleiben. Mußte Ludovica nicht denken, ich sei verletzt, beleidigt oder es geschähe infolge jener Szene, bei welcher sie eine so ergreifende Rolle gespielt? War es nun wirklich diese Rücksicht oder ein geheimes Verlangen, sie wiederzusehen - genug: ich ging an einem Vormittage zu ihr. Ich traf sie eben im Begriffe auszugehen, das Hütchen auf dem Kopfe. – »Ah, Sie, mein Herr?« sagte sie, sichtlich überrascht und befremdet. »Gut, daß Sie kommen. Ich habe soeben einen Brief für Sie zur Post geben wollen. Nehmen Sie Platz! Ich bin nämlich«, fuhr sie fort, »in der angenehmen Lage, Ihnen jene Summe, die Sie mir so großmütig vorgestreckt, zurückzuerstatten. Hier ist sie.« Und sie öffnete eine Lade und reichte mir die bereits eingesiegelten Banknoten. Ich nahm das Päckchen und steckte es in die Tasche. »Sehen Sie doch nach«, sagte sie.

»Oh, ich bin überzeugt. Aber«, setzte ich hinzu, da ich sah, daß sie sich unruhig hin und her bewegte, »ich störe vielleicht. Sie waren eben im Begriffe, das Haus zu verlassen.«

»Allerdings, ein wichtiger Gang – allein – «

»Ich bitte«, sagte ich und stand auf.

»Nun denn«, erwiderte sie, »so leben Sie wohl. Noch einmal meinen innigsten Dank!« Aber es klang wie ein ungeduldiges Drängen. Kein Wort, keine Andeutung, ich möchte wiederkommen. Mein Herz zog sich zusammen: ich war entlohnt. Als ich diesmal beim Tor anlangte, durchschauerte es mich heiß und schmerzlich; ich glaube sogar, daß meine Augen feucht geworden waren.«

Er schwieg, in Erinnerungen verloren. Nach einer Weile fuhr er fort: »Fast ein halbes Jahr war darüber hingegangen, und alle diese Erlebnisse lagen bereits vergessen hinter mir. Nur zuweilen dämmerte noch wie im Traum die schlanke Gestalt der Geigerin vor mir auf, um alsbald wieder in nichts zu zerfließen. Da wurde eines Tages ziemlich früh die Klingel meines Vorzimmers gezogen. Ich halte keinen Bedienten, und so mußte ich selbst öffnen gehen. Nachdem ich es getan, stand Ludovica vor mir. Ich war über ihren Anblick derart betroffen, daß ich alle Geistesgegenwart einbüßte und die Verlegene eine Zeitlang zwischen Tür und Angel stehenließ. Endlich hatte ich mich gefaßt und führte sie rasch herein – nach jenem Sofa, auf welchem Sie jetzt sitzen.

»Verzeihen Sie«, sagte sie mit einiger Anstrengung, »daß ich Sie störe. Sie haben mir einst einen solchen Beweis von Teilnahme gegeben, daß ich den Mut finde, noch einmal um Ihre Hilfe zu bitten.«

»Verfügen Sie ganz über mich«, entgegnete ich erwartungsvoll.

»Es handelt sich diesmal um etwas ganz anderes«, fuhr sie rasch fort. »Es ist eine Angelegenheit, bei der mein ganzes Lebensglück auf dem Spiele steht.«

»Sie erschrecken mich – «

»Um Ihnen meine Bitte vorzutragen, bin ich gezwungen, weiter auszuholen, und ersuche Sie um freundliches Gehör.«

Ich nahm einen Stuhl und setzte mich ihr gegenüber.

Sie tat einen langen Atemzug, dann begann sie: »Wir sind die hinterlassenen Töchter eines Musiklehrers, der sich seinerzeit eines besonderen Rufes erfreute und eine große Anzahl von Schülern aus den besten Kreisen bei sich versammelte. Unter diesen befand sich auch ein junger Mann, namens Alexis, der eine tiefe, wohlklingende Stimme besaß und zu seinem Vergnügen Unterricht im Singen nahm. Seine Familie, eigentlich russischen Ursprungs und in den Donaufürstentümern zu Reichtum und Ansehen gelangt, war schon in der zweiten Generation hier ansässig, wo sie eine der bedeutendsten Großhandlungsfirmen vertrat. Als Jüngling nach Paris geschickt, um sich dort unter der Aufsicht eines Geschäftsfreundes dem Handelsstande zu widmen, war er vor kurzem zurückberufen worden; denn es hatte sich herausgestellt, daß er zu jenem Berufe durchaus keine Neigung besaß und sich vielmehr sorglos den Vergnügungen der Weltstadt überlassen habe. Es sollte ihm nun eine andere Bahn eröffnet werden – und in dieser Zwischenzeit kam er in unser Haus. Ich zählte damals kaum sechzehn Jahre; meine Schwester Anna war bedeutend jünger; Mimi noch ganz klein. Seine außerordentliche Schönheit, sein stolzes und doch geschmeidiges Wesen, das Feuer seiner Blicke und Worte, mit denen er mir alsbald eine lebhafte Neigung verriet, nahmen mein eben aufkeimendes Herz derart gefangen, daß ich in kürzester Zeit mit Leib und Seele sein eigen war. Weit entfernt, das Verderbliche eines solchen Verhältnisses damals auch nur zu ahnen, konnte ich mich um so mehr ganz diesem süßen Rausche überlassen, als unsere Mutter früh gestorben war und mein Vater, welcher in solchen Dingen, wie ich jetzt erkenne, eine unglaubliche Kurzsichtigkeit besaß, mich gar nicht überwachte. Eines Tages erschien Alexis plötzlich in glänzender Uniform und teilte mir mit, daß ihn seine Eltern bestimmt hätten, in den Militärstand zu treten. Er habe denn auch gleich eine Offiziersstelle in der Kavallerie erhalten und müsse nun zu seinem Regimente nach Ungarn abgehen. Das war unsere erste Trennung. Da wir aber täglich Briefe wechselten und mein Geliebter, so oft es anging, hierherkam, so empfand ich diese Trennung keineswegs schmerzlich; ja sie erhöhte vielleicht noch den Reiz unserer Liebe. Sogar als die Briefe, die ich von Alexis erhielt, kürzer und seltener wurden und er selbst nicht mehr so oft erschien, wurde das Gleichgewicht meiner Seele nicht erschüttert. Ich war gewiß, daß nur äußere Umstände daran Schuld trügen, und erwartete ruhig den Tag, an welchem er wieder bei uns eintreten würde. Und das geschah auch. Er war in bürgerlicher Kleidung gekommen und sagte, er sei des Militärdienstes satt und nunmehr gesonnen, sich der Künstlerlaufbahn zu widmen. Der wirkliche Sachverhalt war, daß er bei seinem Hange zur Verschwendung, den ich wohl an ihm bemerkt, aber auch nicht zu tadeln gefunden, eine Schuldenlast aufgehäuft hatte, welche seine Entlassung nach sich zog. Ich wußte das nicht; aber wenn ich es auch gewußt hätte: es würde doch nichts an meiner Neigung zu ihm geändert haben. In der Tat bildete er sich nun unter der Leitung meines Vaters, welchem gegenüber er sich ohne weiteres als mein Verlobter benahm, für die Oper aus. Es gelang ihm bald, an einer kleinen Bühne Engagement zu finden, nach und nach auch in bedeutenderen Städten mit Glück aufzutreten; ja er wurde sogar einmal nach London berufen. Inzwischen hatte ich von mehreren Seiten Winke erhalten, mein Verhältnis zu Alexis abzubrechen. Er sei ein leichtsinniger, gewissenloser Mensch, hieß es, der seine Familie an den Bettelstab bringe, an jedem Orte Beziehungen zu Mädchen und Frauen unterhalte und überhaupt ein Leben führe, das für seine Zukunft das Schlimmste befürchten lasse. Ich erkannte in all diesen Warnungen bloße Verleumdungen und niedrige Umtriebe einiger Bewerber um meine Hand, die ich zwar nicht übermütig, aber mit ruhigem Stolze abgewiesen hatte. Ich war von der Liebe des Entfernten, welcher zuweilen selbst in scherzhaften Briefen seiner Erfolge beim weiblichen Geschlechte erwähnte, um so mehr überzeugt, als er stets durchblicken ließ, wie er nur den Zeitpunkt einer sicheren und dauernden Stellung erwarte, um mich zu sich zu rufen. Da trat er, nachdem ich lange nichts von ihm gehört, plötzlich bei uns ein. Aber in welchem Zustande! Krank, gebrochen, herabgekommen – ein Bild männlichen Elends. Er hatte seine Stimme verloren, Gläubiger verfolgten ihn, und da seine Eltern, die ihm ihr ganzes Vermögen zum Opfer gebracht, gestorben waren, wußte er nicht, wohin er sein Haupt legen sollte. Ich liebte ihn und liebe ihn so«, setzte sie mit zitternder Stimme hinzu, »daß ich auf all das kein Gewicht legte und selig war, ihn wieder bei mir zu haben. Auch mein Vater hatte inzwischen das Zeitliche gesegnet und jeder von uns einiges hinterlassen. So wenig es war, mein Teil genügte, ihn von den drückendsten Sorgen zu befreien. Er bezog eine Wohnung in unserer Nähe; ich pflegte ihn, ich sorgte für seine Bedürfnisse und legte auf seine abenteuerlichen Pläne, sich eine neue Existenz zu gründen, gar kein Gewicht. Durch meine Kunst, die ich nun mit den Schwestern öffentlich auszuüben begann, erschlossen sich mir neue Einnahmequellen, und somit wäre alles gut gewesen, wenn nicht, nachdem er genesen war, sein unvertilgbarer Leichtsinn wieder die Oberhand gewonnen hätte. Er stürzte sich neuerdings in Schulden, die er mir anfänglich geheimhielt, welche ich aber im entscheidenden Augenblick so lange bezahlte, bis ich es nicht mehr imstande und er auf dem Punkte war, vor Gericht gezogen zu werden. In diesen entsetzlichen Tagen«, schloß sie aufatmend, »waren es Sie, mein Herr, der ihn gerettet.«

Es entstand eine Pause; dann fuhr sie in schmerzlich gedämpftem Tone fort: »Schon früher glaubte ich zu bemerken, daß sich zwischen Alexis und meiner jüngsten Schwester eine Neigung entspinne. Aber ich wollte es mir nicht eingestehen, und in meiner Selbstverblendung begünstigte ich diese Umwandlung noch insofern, als ich vieles absichtlich übersah, um dem Vorwurf törichter Eifersucht zu entgehen. Es wäre auch vielleicht nicht zum Äußersten gekommen, wenn sich Alexis' Verhältnisse nicht plötzlich mit einem Schlage geändert hätten. Er war nämlich infolge früherer Bekanntschaften wieder in die Gesellschaft vornehmer junger Leute geraten, die ihn nun als Vermittler hoher Darlehen zu benützen suchten. Da er mit der Zahlungsfähigkeit jedes einzelnen so ziemlich vertraut war, fiel es ihm nicht schwer, Geldspekulanten zu finden, die sich gegen riesigen Gewinn auf derlei Unternehmungen einließen. Einige solcher Geschäfte hatten sich bald glänzend abgewickelt – und seit dieser Zeit ist Alexis ein von beiden Seiten gesuchter Mann. Sein Zimmer wird nicht leer von Besuchern, die zu Roß und Wagen vor dem Hause anlangen; überraschend hohe Summen fliegen ihm zu, und wenn sein Hang zur Verschwendung nicht wäre, so müßte er sich bereits jetzt einiges Vermögen erworben haben. Das erste, was er tat, war jedoch, sich in einem vornehmen Stadtviertel einzumieten, im Interesse seiner Wirksamkeit, wie er sagte. Dabei vernachlässigte er mich auffallend, zog aber im geheimen Mimi, mit der ich nun, da meine andere Schwester mittlerweile geheiratet hatte, allein lebte, mehr und mehr an sich. Eines Tages erklärte sie mir, sie werde mich verlassen; Alexis habe die Sorge für ihren Unterhalt übernommen. Vernichtet, außer mir vor Schmerz und Verzweiflung, eile ich zu ihm. Er empfängt mich kalt und gemessen, erklärt mir, daß er mich nicht mehr liebe, mich längst nicht mehr geliebt habe und daß von einem innigeren Verhältnisse zwischen uns beiden keine Rede mehr sein könne. Mein Freund wolle er bleiben und alles für mich tun, was ich sonst von ihm verlangen würde. Und als ich mich, gelöst in Schmerz und Tränen, ihm zu Füßen werfe, seine Knie umklammere und ihn beschwöre, mir sein Herz wieder zuzuwenden und jenen schmählichen Erwerb, der ihn unfehlbar ins Verderben führen müsse, aufzugeben – stößt er mich rauh von sich und droht endlich, mir die Tür weisen zu lassen!« Sie brach in ein fast schreiendes Weinen aus und sank in das Sofa zurück.

»Das ist sehr traurig«, sagte ich nach einer Pause. »Aber was soll – was kann ich dabei tun?«

»Oh, alles!« rief sie, indem sie sich mit ihrem Tuche hastig Augen und Wangen trocknete, »alles, wenn Sie nur wollen!« Und da ich ungläubig vor mich hin blickte, fuhr sie warm fort: »Sehen Sie, trotz seiner scheinbaren Härte ist er doch eine weiche, lenksame Natur; trotz seines Leichtsinnes, seiner Verirrungen einer edleren Regung fähig, und ich bin überzeugt, daß ihn nur das Berauschende seiner neuen Lage und« – fügte sie leiser hinzu – »die Verführungskünste meiner Schwester so weit gebracht haben. Wenn sich ein Mann findet, den er achtet, auf dessen Stimme er Gewicht legt, und dieser ihm das Unwürdige seiner Stellung, das Grausame seines Handelns vorhält, so zweifle ich nicht, daß er in sich geht und zu mir zurückkehrt.«

»Glauben Sie? – Und wenn dem so wäre, woraus schließen Sie, daß ich der Mann sei, der so viel Gewalt über ihn hätte?«

»Oh, ich weiß es! Ich habe ihn noch von niemand mit so viel Wärme, Anerkennung – ja Bewunderung reden hören wie von Ihnen. Er hat«, fuhr sie errötend fort, »bei Ihnen sogleich Eigenschaften wahrgenommen, die ich damals in der Verwirrung meiner Seele nicht zu erkennen – nicht völlig zu würdigen imstande war. – Und jetzt bin ich gezwungen, Ihnen ein Bekenntnis abzulegen, das für mich beschämend ist, das ich aber in diesem Augenblicke nicht zurückhalten kann. Sie werden sich erinnern, daß ich damals, als Sie – ich will nicht sagen den Wunsch, so doch die Andeutung aussprachen, mich wiedersehen zu wollen, einigermaßen betroffen war. Ich durfte keine Hoffnungen erregen, die ich nicht erfüllen konnte. Aber im selben Momente zuckte in mir der Gedanke auf, Alexis durch Sie meinen Wert fühlen zu lassen, ihn – um es geradeheraus zu sagen – eifersüchtig zu machen. Als ich aber erkannte, daß gerade das Gegenteil eintrat, verwünschte ich im tiefsten Herzen diesen Winkelzug und faßte eine Art Abneigung gegen Sie, die um so stärker wurde, je aufrichtiger, je unberechneter seine Verehrung für Sie hervorbrach.« Sie hatte, innehaltend, Haupt und Blick gesenkt, als erwartete sie das Urteil eines Richters.

Ich schwieg.

»Sie verachten mich jetzt«, sagte sie kaum hörbar.

»Nein«, erwiderte ich. »Im Gegenteil, ich achte Sie höher, als ich je vermocht.« Es war keine bloße Phrase, was ich da aussprach. Man ist bei den Frauen im allgemeinen so wenig Aufrichtigkeit zu finden gewohnt, daß ich mich durch die Wahrheit ihres Geständnisses, so unerfreulich dieses für meine Person war, im tiefsten überrascht und ergriffen fühlte. »Ja, Ludovica«, fuhr ich fort, »ich achte Sie hoch, und damit ich es Ihnen beweise, will ich mit Alexis reden.«

Sie machte eine Bewegung, als wolle sie mir dankend zu Füßen fallen.

Ich sprang auf. »Erwarten Sie nicht zuviel! Sie begreifen, daß ich mich nicht ohne weiteres in fremde Verhältnisse einmischen, daß ich nicht den Liebesvermittler spielen kann. Aber nach dem, was Sie mir gesagt haben, wird es mir möglich, Alexis als ernster Mahner und Warner zu nahen. Und das will ich tun.«

»Oh, jetzt ist alles gut!« rief sie in überquellender Freude, »jetzt bin ich gerettet! Aber noch eins. Ich sagte vorhin, daß Alexis den Verführungskünsten meiner Schwester erlegen sei. Wenn ich gewiß wäre, daß sie ihn liebt, ihn treu, wahr und aufrichtig liebt – vielleicht – aber auch nur vielleicht – wäre ich imstande, zurückzutreten. Ich sage Ihnen jedoch: sie liebt ihn nicht!«

»Ich glaub' es«, erwiderte ich.

»Es wird mir schwer, es auszusprechen – aber so jung sie ist – so gefallsüchtig und herzlos, so falsch und heimtückisch ist sie auch. Sie wird ihn unglücklich machen, wird ihn auf der gefährlichen Bahn weiter und weiter treiben – «

»Ich bin davon überzeugt. Aber wird *er* sich überzeugen lassen?«

»Ich hab' es versucht; doch es hat ihn noch mehr gegen mich gereizt.«

»Das war unklug von Ihnen, und deshalb darf ich diesen Punkt nur mit äußerster Vorsicht berühren.«

»Reden Sie, handeln Sie, wie es Ihnen gut dünkt. Ich weiß, Sie werden alles zum besten lenken. Und – nicht wahr – Sie gehen gleich morgen zu ihm? Nicht zu spät, daß Sie ihn sicher zu Hause treffen – und dann geben Sie mir sogleich Nachricht.« Sie hatte sich bei diesen Worten erhoben.

»Ich werde es; aber noch einmal: erwarten Sie nicht zuviel!« Und damit geleitete ich sie hinaus.

Als ich wieder allein war, trat allmählich die Reaktion bei mir ein. Ich sah mich da in einen Handel verstrickt, bei dem ich möglicherweise in zweideutigem Lichte erscheinen konnte und welcher, das erkannte ich mehr und mehr, zu keinem guten Ende zu bringen war. Angenommen selbst, daß die früheren Verhältnisse wieder hergestellt wurden: wie lange konnten sie zwischen *diesen* Menschen vorhalten? – Aber ich hatte dem armen, verzweifelten Weibe meine Hilfe zugesagt und ging am nächsten Morgen zu Alexis.

Ich traf ihn, nachdem mich ein Diener angekündigt hatte, eben am Frühstückstische, eine türkische Pfeife mit langem Rohr in der Hand. Er sprang auf und kam mir' flammend vor Verlegenheit, entgegen. »Ah, mein Herr«, rief er, »was verschafft mir das Vergnügen, die besondere Ehre Ihres Besuches? – Sie sehen mich noch beim Frühstück – kann ich Ihnen eine Tasse Kaffee anbieten? Oder Tee – Schokolade – «

Ich dankte.

»Also doch wenigstens eine Zigarre«, und er öffnete eine prächtige Lederkassette. »Direkter Bezug von Havanna«, fuhr er fort, mehr aus Fassungslosigkeit, als um zu prahlen.

Ich wollte ihn nicht verletzen und nahm von dem kostbaren Kraute, während er mir dienstbeflissen Feuer reichte.

»Mein Herr«, begann ich, nachdem wir uns beide gesetzt hatten, »ich glaube mich nicht zu irren, wenn ich annehme, daß Sie über den Grund meines Erscheinens so ziemlich im klaren sind.«

»Nun - allerdings«, erwiderte er unruhig. »Ich vermute, Sie kommen als Abgesandter - «

»Ja denn, wenn Sie es so nennen wollen. Doch besser gesagt: ich komme über Ersuchen des Fräuleins Ludovica Mensfeld. Sie ist sehr unglücklich.«

»Durch ihre eigene Schuld«, fuhr er auf. »Ich habe ihr alles ruhig auseinandergesetzt, habe ihr die vernünftigsten Vorschläge gemacht. Aber sie will nichts hören, will nicht begreifen, daß Gefühle vergänglich sind, daß neue Eindrücke ebenfalls ihre Rechte fordern - «

»Mein Herr«, warf ich ein, »Sie gehen zu weit. Einem liebenden Weibe zumuten, daß es natürlich und begreiflich finden soll, was Ihnen und vielleicht auch mir so erscheint, heißt Übermenschliches verlangen. Und Ludovica liebt Sie.«

»Ja, ja«, sagte er unwillig, »sie liebt mich, ich weiß es und ich habe sie auch geliebt, heiß und glühend geliebt. Oh«, fuhr er, in Erinnerungen versinkend, fort, »Sie können sich gar nicht vorstellen, wie schön, wie bezaubernd sie war. Ihre Augen, ihr Wuchs, ihre Hände und Füße - und sie ist jetzt noch schön und dabei ein gutes, vortreffliches Wesen - keine ihrer Schwestern kann eigentlich nur im entferntesten mit ihr verglichen werden - «

»Nun also - «, sagte ich.

»Und dennoch - dennoch liebe ich sie nicht mehr, kann sie nicht mehr lieben! Sie ist immer dieselbe; immer die gleiche Hingebung, die gleiche Zärtlichkeit - immer die nämlichen sanften Ansprüche. Diese Monotonie wirkt nachgerade erdrückend. Sehen Sie, da ist ihre Schwester Mimi - ein launenhaftes, bizarres Geschöpf. Aber voll Geist, voll Witz, voll Leben - ein reizender kleiner Teufel.«

»Diese Bezeichnung ist vielleicht nicht übel gewählt«, erwiderte ich ruhig. - »Aber gibt Ihnen das ein Recht, ein Weib zu verlassen, das mit inniger Liebe und Treue an Ihnen hängt - das Ihnen alles geopfert?«

Er schnellte, wie an einer Wunde berührt, vom Sitze empor. »Ja«, rief er, im Zimmer auf und ab eilend, »ja, sie hat mir viel, hat mir alles geopfert. Ich weiß, was Sie meinen. Aber warum tat sie es?! Ich hab' es nicht gefordert. Sie hätte mich meinem Schicksale überlassen sollen. Und dann – ich habe alles geordnet, alles beglichen, was sie von jener Zeit her noch bedrücken, noch beunruhigen könnte. Ich habe ihr die glänzendsten Anerbietungen gemacht. Aber sie weist alles zurück und zieht es vor, von Musikstunden zu leben. Was sie fordert, ist Liebe und wieder Liebe – und die kann ich ihr nicht geben.«

»Nun, dann wäre es Ihre Pflicht, Ludovica zart und schonungsvoll nach und nach mit ihrer Lage vertraut zu machen, in der sie sich, von Schmerz und Leidenschaft verwirrt, nicht alsogleich zurechtfinden kann. Keineswegs aber durften Sie die Ärmste ungeduldig und grausam von sich stoßen und ihr aufs unwürdigste drohen.«

»Das tat ich, weil sie nach unwürdigen Mitteln griff, mich wieder zu gewinnen. Sie hat ihre Schwester vor mir herabgesetzt, hat den Verdacht in mir erwecken wollen, daß mich Mimi nicht liebt.«

»Und wenn sie recht hätte«, sagte ich ernst.

Er zuckte zusammen und blieb stehen. »Sie sprechen in Ludovicas Interesse!« rief er.

»Mein Herr«, sagte ich, indem ich mich jetzt gleichfalls erhob und auf ihn zutrat, »es mag sein, daß der Schritt, den ich unternommen, Sie einigermaßen berechtigt, Zweifel in die völlige Aufrichtigkeit meiner Worte zu setzen. Allein, wenn Sie in meiner Seele lesen könnten, so würden Sie die Überzeugung gewinnen, wie ehrlich, wie wahr ich es nicht bloß mit Ludovica, sondern auch mit *Ihnen* meine. Ich wiederhole es: Marie Mensfeld liebt Sie *nicht*.« Und da er schmerzlich betroffen zu Boden sah, fuhr ich rasch fort: »Nicht Sie – und auch keinen anderen. Mimi gehört zu den Frauen, die erst dann lieben, wenn sie selbst nicht mehr fähig sind, Liebe zu erwecken.«

Er schritt langsam zu seinem Stuhl und setzte sich wieder. Schweigend, mit gesenktem Haupte schien er einem geheimnisvollen Echo zu lauschen, das meine Worte in seinem Innern wachgerufen. Er mußte bereits selbst schwer und oft gezweifelt haben und kämpfte jetzt mit seinen Gedanken.

»Ich bin nicht in der Absicht hierhergekommen«, fuhr ich, mich ihm nähernd, fort, »Gluten anzufachen, die erloschen sind, das vermag keine Macht der Erde. Aber lassen Sie uns offen miteinander reden. Was Sie an Mimi fesselt, ist die Macht ihrer jugendlichen Reize. Sie finden bei ihr Freuden und Genüsse, die Ihnen Ludovica nicht mehr zu bieten vermag. Allein bedenken Sie, daß das Dasein nicht bloß im Genießen besteht, daß wir auch zu entbehren und so manches Opfer uns selbst und anderen zu bringen haben. Bedenken Sie, daß es Pflichten gibt, die, sofern sie nicht mit unserem besseren Ich im Widerspruche stehen, unter allen Umständen erfüllt werden müssen. Erkennen Sie, daß man eine Vergangenheit nicht so leicht abschüttelt wie ein Kleid, das man wechselt. Und welchen Tausch wollen Sie treffen? *Hier* ein Weib, sanft und zärtlich, voll Hingebung und Treue, zufrieden, mit Ihnen eine und dieselbe Luft atmen zu können; *dort* ein Geschöpf, mehr stachelnd als anziehend, zwar voll Witz und Beweglichkeit, aber auch ohne Herz und Seele. Ein Geschöpf, das nur zur Mätresse geschaffen ist und Sie mit kaltem Blute verlassen wird, wenn Sie nicht mehr imstande sind, jede ihrer Launen zu befriedigen. Wie lange aber – und um welchen Preis wird Ihnen dies möglich sein? Es steht mir vielleicht nicht zu, Sie auf das zum mindesten Unpassende Ihrer gegenwärtigen Verhältnisse aufmerksam zu machen, und ich maße mir nicht an, mit unerbetenen Ratschlägen in Ihr Leben eingreifen zu wollen – aber sagen Sie selbst, wohin soll das führen?«

Er hatte den Blick gesenkt; er war beschämt, aber auch bewegt und ergriffen. »Ja, es ist wahr«, rief er aus und faßte meine Hand, »Sie haben recht! Allein was soll ich tun? Der Ertrinkende greift nach allem, was sich ihm darbietet. Mein Leben ist nun einmal ein verfehltes – «

»Nicht doch! Sie stehen in der Blüte Ihrer Jahre. Einem Manne von Ihren Anlagen und Fähigkeiten wird und muß es bei redlichem Wollen gelingen, sich eine gesicherte, wohlanständige Stellung zu schaffen. Und gerade hierzu bietet Ihnen eine Vereinigung mit Ludovica die beste Aussicht. Sie selbst hat bereits erwerben gelernt; Sie werden sich gegenseitig stützen und fördern – und nach allen Stürmen und Kämpfen in einer bescheidenen Häuslichkeit die höchsten Güter der Erde, Ruhe und Zufriedenheit, finden.«

Er blickte vor sich hin. Rührung und Unentschlossenheit malten sich in seinen Zügen; es war, als wollte sich in seiner Brust ein Umschwung vorbereiten. »Und was sollte mit Mimi geschehen?« fragte er dumpf.

»Überlassen Sie sie ihrem Schicksale! Sie wird ihren Weg zu finden wissen.«

Kaum hatte ich diese Worte gesprochen, als draußen heftig an der Klingel gerissen wurde und fast gleichzeitig, mit Samt und Seide angetan, ein schmuckes Federhütlein unternehmend auf die krausen Locken gestülpt, Mimi zur Tür hereinrauschte. Sie stand bei meinem Anblick betroffen still, und ihre Oberlippe zog sich gehässig empor. Ihr Äußeres hatte sich, seitdem ich sie nicht mehr gesehen, bedeutend verändert. Sie war mächtig aufgeschossen, und ihre Gesichtszüge hatten eine scharfe Deutlichkeit angenommen.

Alexis flog ihr wie verwandelt entgegen, und ich erkannte, daß nun alles verloren sei. »Du siehst, mein Engel«, stammelte er, »ich habe Besuch; tritt einstweilen ins Nebenzimmer.« Er geleitete sie, und ich vernahm, wie sie drinnen miteinander flüsterten. Nach einer Weile kam er zurück. »Sie verzeihen«, sagte er mit einiger Verlegenheit, »daß ich nicht länger das Vergnügen haben kann – eine wichtige Angelegenheit – « Und während ich nach meinem Hute griff, fuhr er fort: »Seien Sie überzeugt, daß ich Ihre Bemerkungen, Ihre Ratschläge zu würdigen weiß – daß ich sie auch zum Teil vollkommen anerkenne und Ihnen gewiß dankbar bin – es läßt sich jedoch in dieser Hinsicht so rasch kein Entschluß fassen. Was nun Ludovica betrifft, so bitte ich, ihr zu sagen, daß ich schon früher alles wohl erwogen und überlegt habe, daß ich begreife, wie schmerzlich es für sie sein muß – aber ich kann nichts an den Beziehungen ändern, in welchen wir gegenwärtig zueinander stehen. Durchaus nichts!« fügte er, die verletzende Hartnäckigkeit schwacher Naturen hervorkehrend, hinzu.

Ich betrachtete ihn schweigend. »Ich werde es ihr sagen«, sprach ich endlich und ging.

Ich begab mich geraden Weges zu Ludovica, die, seit sie von ihren Schwestern getrennt lebte, eine einfache Mietstube bewohnte und mir in höchster Spannung entgegenkam. »Nun, nun?« fragte sie mit erwartungsvollen Blicken.

»Es ist gekommen, wie ich es vorhergesehen.« Und ich erzählte ihr alles.

Mir blutete das Herz, wie sie so vor mir saß und atemlos an meinem Munde hing, während jedes Wort wie geschmolzenes Blei in ihre Seele fiel. Wie sie schmerzlich aufzuckte, wie sie nach Fassung rang, wie sich allmählich Rührung, Freude und Hoffnung in ihren Zügen malten – bis sie endlich enttäuscht und verzweifelt unter einem Strome von Tränen zusammenbrach. Und doch, wenn es ein Mittel gab, sie aus diesen Wirrsalen zu befreien, ihr den Frieden der Seele wiederzugeben, so konnte es nur geschehen, indem man sie zum klaren Bewußtsein ihrer Lage und zur Überzeugung brachte, daß sie nichts mehr erwarten, nichts mehr hoffen dürfe. Aber sie hoffte noch. Denn nachdem sie eine Zeitlang, von ihren wogenden Gedanken und Gefühlen umbraust, geschwiegen hatte, versuchte sie es instinktmäßig, sich an den erfreulicheren Teil meiner Mitteilungen zu klammern. »Also er hat doch lieb und gut von mir gesprochen«, begann sie leise. »Sie sahen ihn gerührt, ergriffen. Er war auf dem Punkte – «

»Sich aus einer Schwachheit in die andere zu stürzen!« fiel ich ihr ins Wort. »Er war auf dem Punkte, einen Entschluß zu fassen, den er morgen oder übermorgen wieder bereut und rückgängig gemacht hätte. Er ist nicht der Mann, nach Grundsätzen zu handeln, und ich habe gesehen, wie das bloße Erscheinen Ihrer Schwester auf ihn gewirkt hat. Mit *einem* Worte: Er liebt Sie nicht mehr und ist für Sie verloren!«

»Oh! Oh!« jammerte sie und rang die Hände.

»Fassen Sie sich, Ludovica«, fuhr ich fort. »Blicken Sie den Ereignissen fest und klar ins Auge und vergessen Sie einen Menschen, der nicht würdig ist, von Ihnen geliebt zu werden.«

»Nie! Nie!« rief sie, sich verzweifelt hin und her werfend. »Ich kann – ich will ihn nicht vergessen; ich kann und will ihn nicht verlieren. Er ist mir alles!«

»Alles?! Haben Sie nicht sich selbst? Haben Sie nicht Ihre Kunst?«

»Oh, sprechen Sie mir nicht von meiner Kunst! Dort liegen meine Geigen verstimmt und bestäubt; seit Monden spiel' ich nicht mehr. ja, früher – da gab es keine größere Seligkeit für mich, als die stille

Sehnsucht, die jubelnde Freude, die süßen Schmerzen meiner Brust in den mitempfindenden Saiten austönen zu lassen. Aber jetzt hass' ich sie, und nur manchmal überkommt es mich, darin zu wüten, daß sie zerspringen wie mein Herz!«

»Freveln Sie nicht«, sagte ich ernst und streng. »Werfen Sie nicht töricht das göttliche Geschenk von sich, womit Sie das Schicksal vor Tausenden begnadet hat! Erwägen Sie, wie viele Menschen um Sie her unter der Last des Elends, des Kummers und der Verzweiflung seufzen und nichts besitzen, woran sie sich aufrecht halten, woran sie sich in eine freiere Atmosphäre emporringen könnten. Erwägen Sie, wie viele berechtigte Hoffnungen in diesem Leben scheitern, und verzichten Sie auf das, was Sie verloren haben.«

»Oh, Sie sind ein Mann!« rief sie, »und wissen nicht, was dem Weibe die Liebe ist!«

»Ich weiß es. Die Liebe ist der Lebensinhalt des Weibes. Allein die ewigen Ideen, der Fortschritt im ganzen und großen, die Sorge für das allgemeine Wohl sind und waren bis jetzt der Lebensinhalt des Mannes. Und wie oft muß er das, woran er den Schweiß und die ganze Kraft seines Daseins gewandt, über Nacht zusammenbrechen und sich mit Undank, Hohn und Spott, mit der öffentlichen Verachtung belohnt sehen. Und in dieser Welt der Enttäuschung und des Schmerzes, in dieser Welt, wo nichts Bestand hat, will das Weib *allein* sein Glück dauernd und ungefährdet erhalten wissen?!«

Und da sie nachdenklich vor sich hin sah, fuhr ich fort: »Und ist denn auch Ihr Los ein so entsetzliches? Haben Sie nicht geliebt? Sind Sie nicht wieder geliebt worden? Können Sie nicht sagen: ich habe gelebt und genossen, während andere Frauen niemals die Knospe ihres Herzens sprengen durften und mit verhaltenen Gluten zu Grabe gingen!«

Sie war in ein sanftes Weinen ausgebrochen. Ich erhob mich und trat vor sie hin. »Ludovica, lassen Sie mich Ihr Freund sein!« Und da sie wie abwehrend die Hände vorstreckte, sagte ich eindringlich: »Mißverstehen Sie mich nicht! Ich bin nicht der Mann, Ihnen in diesem Augenblicke mit Liebesanträgen zu nahen. – Noch einmal: lassen Sie mich Ihr Freund sein! Ich bin es gewohnt, den einsamen Pfad der Entsagung zu schreiten. Ich will Sie stützen, führen und lenken; ich will über Ihnen wachen, wie über einem kranken Kinde –

bis Sie endlich, mit Ihrem Geschicke und Ihrer Kunst wieder versöhnt, jene Höhe des Daseins erreicht haben, von der aus Sie lächelnd auf die Vergangenheit zurück – und vielleicht einer schöneren Zukunft entgegenblicken können.«

Sie schien die Macht meiner Worte in tiefster Seele zu empfinden und darüber nachzusinnen. Plötzlich aber schauderte sie auf und rief, die Hände vor das Antlitz schlagend: »Nein! Nein! Ich kann ihm nicht entsagen! Und wenn er mich auch nicht mehr liebt – ich lasse ihn nicht! Seine Leidenschaft für Mimi kann nicht dauern: er wird und muß wieder zu mir zurückkehren. Ich will alles dulden, alles ertragen. Er soll mich schelten, soll mir drohen, soll mich von sich stoßen: ich will selig sein, von seinen Füßen getreten zu werden, denn ich kann nicht leben ohne ihn!«

Ich trat einen Schritt zurück. Dieser wilde, rasende Ausbruch, dieser blinde Drang, auf dem kein Strahl der Erkenntnis haften wollte, erkältete mich bis ins Herz hinein. »Nun denn«, sagte ich endlich, »so leben Sie wohl! Der Himmel sei Ihnen allen gnädig!«

Was nun die Ereignisse später mit sich brachten, kann ich Ihnen rasch und kurz erzählen. Ich habe es erfahren, wie man nachgerade alles über Menschen erfährt, die man kennt. – Alexis' glänzende Verhältnisse waren, wie vorauszusehen, unhaltbar. Nach kurzer Zeit schon stockten einige bedeutende Zahlungen. Die Spekulanten wurden mißtrauisch und schwierig und forderten die unglaublichsten Erstreckungssummen. Neue Termine wurden nicht eingehalten, Wucheranzeigen erstattet, und so kam das ganze Unternehmen, bei dem sich auch einige arge Unredlichkeiten nachweisen ließen, ins Schwanken und Stürzen und brach endlich zusammen. Nur der Umstand, daß selbst Persönlichkeiten höchsten Ranges mit verwickelt waren, rettete Alexis, der nun wieder ins tiefste Elend zurücksank, vor gerichtlicher Verfolgung. In der Aufregung dieser Tage – Mimi war inzwischen mit einem Attaché der französischen Gesandtschaft nach Paris gereist – zog sich der Unglückliche eine rasche Krankheit zu, die ihn aufs Totenbett warf. Ludovica hat ihn in ihrer ärmlichen Stube gepflegt und mit dem Erlöse ihrer letzten Habseligkeiten begraben lassen. Er ist in ihren Armen gestorben.«

Es war wieder ganz still im Gemache; nur von der Straße herauf klang das dumpfe Rollen eines verspäteten Wagens.

»Die Geschichte ist noch nicht zu Ende«, sagte ich.

»Nein; aber was jetzt folgt, ist nur ein kurzes Nachspiel oder vielmehr ein häßliches Seitenstück zu dem, was Sie bis jetzt gehört haben. Es müßte unbegreiflich erscheinen, wenn nicht gerade das Unbegreifliche die Natur des Weibes wäre. Und dennoch werden Sie darin das unerbittlich und gleichmäßig waltende Geschick erkennen, das Ludovica dem Abgrunde zutrieb.

Drei Jahre waren vergangen, und ich hatte sie nicht wiedergesehen. Da begegnete ich ihr eines Tages auf der Straße, wo sie am Arme eines Mannes einherschritt. Es war wohl nur gegenseitige Fassungslosigkeit, daß wir mit einem Gruße voreinander stehenblieben. Wir stammelten einige Worte, die freudig klingen sollten; endlich wies sie auf ihren Begleiter und sagte: »Mein Mann, Baron – « Sie nannte einen Namen, der nichts zur Sache tut. Ich warf, während er sich nachlässig verbeugte, einen Blick auf ihn. Er war nicht mehr jung, von hohem Wuchse und wohlbeleibt. Sein Antlitz mußte einst schön gewesen sein, jetzt aber zeigte es sich aufgedunsen, und der Ausdruck niedriger Leidenschaften lag darin. Sein Anzug war eine Mischung von Sorgfalt und Verlotterung; auch Ludovica sah in ihrem Äußern ziemlich herabgekommen aus. Ich schützte Eile vor und empfahl mich. »Freut mich sehr, einen alten Freund meiner Frau kennengelernt zu haben«, sagte der Baron in einem singenden mitteldeutschen Dialekte, »machen Sie uns einmal das Vergnügen – wir wohnen – « Das Weitere vernahm ich nicht mehr. Ich konnte mich nicht enthalten, in einiger Entfernung stehenzubleiben und dem Paare nachzublicken. Ein eigentümliches Gefühl überkam mich, als ich das Weib, das ich zwar nicht geliebt hatte, das ich aber, wie ich noch jetzt fühlte, unsäglich hätte lieben können, mit diesem Manne vereint, dahingehen sah.

Nach Verlauf einiger Wochen trat ich abends in ein Kaffeehaus, um die Zeitungen zu durchblättern. Da gewahrte ich den Baron, der in einer Fensternische saß und mich offenbar nicht wiedererkannte. Er hatte ein geleertes Likörglas vor sich stehen und blickte von Zeit zu Zeit, wie jemanden erwartend, durch die Scheiben auf die Straße. Endlich zeigten sich vor dem Fenster die Umrisse einer weiblichen Gestalt. Der Baron erhob sich rasch, warf kleine Münzen auf die Untertasse und eilte hinaus. Es trieb mich, ihm zu folgen, und ich konnte noch gewahren, wie ihm Ludovica – denn sie war es – etwas überreichte, womit er nicht zufrieden zu sein schien. Er gestikulierte heftig und seine Stimme klang laut und drohend. Endlich mußte sie ihn beschwichtigt haben, denn er gab ihr den Arm. Zuletzt bogen sie in eine Seitengasse ein, wo ich sie aus den Augen verlor.

Ich habe Ludovica erst heute wiedergesehen. Ich ahnte sogleich, wie alles gekommen sei; denn seit jenem Abend hegte ich die traurigsten Vorstellungen. Aber ich wollte Gewißheit und fuhr mit Ihnen nach dem Laden des Kaufmanns Berger. Dort wurde mir alles bestätigt. Sie hatte, weiß Gott wie und wo, den Baron kennengelernt, der sich unter dem Vorwande, einen Erbschaftsprozeß durchzuführen, hier herumtrieb. Wie sie dazu kam, ihn zu heiraten, läßt sich nicht feststellen. Vielleicht tat sie's aus Neigung; wahrscheinlicher aber ist es, daß sie nur von jenem beklagenswerten Drange geleitet wurde, der endlich fast jedes Weib überkommt, wohl oder übel einem Manne dauernd anzugehören. Sie unterhielt einstweilen sich – und ihn durch Musiklektionen, deren sie viele hatte; an die Ausübung ihrer Kunst dachte sie nicht mehr. Aber die Erbschaftshoffnungen zerflossen in nichts, und der Baron, der dem Laster des Trunkes und des Spieles ergeben ist, brauchte Geld. Ludovica mußte es schaffen: durch Darlehen, die sie auftrieb, durch Geschenke, die sie erbettelte, und als es ihr nicht immer gelingen wollte, mißhandelte er sie – ja ging in seiner Niederträchtigkeit so weit, sie zwingen zu wollen, die letzten Reste ihrer Schönheit zu verkaufen. Das ertrug sie nicht. Heute morgen hatte er sie wieder fortgeschickt, eine Summe herbeizuschaffen – eine verschwindend kleine Summe: aber selbst ihre Schwester und ihr Schwager, welche der Unglücklichen bis jetzt, zwar ungern und mit Vorwürfen aller Art, aber dennoch in den äußersten Fällen stets geholfen hatten – verweigerten sie ihr diesmal. Sie mußte sich nicht nach Hause gewagt haben, mußte lange umhergeirrt sein – das übrige wissen Sie.«

Wir schwiegen beide.

»Und nun sagen Sie mir«, fuhr er fort, »wie es kam, daß dieses holde Geschöpf, ausgestattet mit allen Vorzügen ihres Geschlechtes, welche andere so vortrefflich zu verwerten wissen, sich an Unwürdige weggeworfen; wie es kam, daß sie in törichter Umkehrung der Verhältnisse für diejenigen zu sorgen bemüht war, welche für sie zu sorgen die Verpflichtung hatten – bis sie, noch in jungen Jahren, ein so trauriges Ende nahm? Warum war sie nicht so klug und brav wie ihre Schwester Anna, die nun eine glückliche Gattin und Mutter ist? Warum war sie nicht so klug und schlecht wie ihre Schwester Mimi, die gegenwärtig als Chansonettensängerin die Welt durchreist und mit Gold und Diamanten überschüttet wird? Warum! Das ist die große Frage, auf welche weder unsere Philosophen und Moralisten noch die stelzbeinigen Theaterfiguren unserer modernen Dramatiker eine Antwort zu geben wissen – und die selbst dann nicht gelöst sein wird, wenn die Physiologen jeden Gedanken, jedes Wort, jede Tat auf die entsprechende Faser des Gehirns, auf diesen oder jenen zuckenden Nerv und auf die mehr oder minder vollkommene Funktion eines bestimmten Organs zurückzuführen imstande sein werden. Dann aber, wenn man erkennen wird, daß der Mensch nichts anderes ist als eine Mischung geheimnisvoll wirkender Atome, die ihm schon im Keime sein Schicksal vorausbestimmen: dann wird man, glaube ich, auch dahintergekommen sein, daß es, trotz aller geistigen Errungenschaften, besser ist, nicht zu leben!«

Er war bei diesen Worten aufgestanden und reichte mir jetzt die Hand zum Abschied. Ich ging. Draußen schwieg die ausgedehnte Residenz in tiefem Schlafe. Die Gasflammen waren schon zur Hälfte ausgelöscht; düstere Schatten umhüllten die Häuser, und nur hier und dort schimmerte durch die Fenster mattes Licht. Wie viele Herzen mochten in dieser Stille voll Kummer und Verzweiflung schlagen! Wieviel Elend lag unter der flüchtigen Hülle des Schlummers verborgen! Ich schauderte. Das ganze Weh der Erde stieg vor mir empor; es wogte wie ein dunkles Meer, und obenauf schwamm mit blassem Antlitz und feuchten Locken die Leiche der Geigerin. –